［俳句とエッセー］

空にねる

谷さやん

創風社出版

俳句とエッセー　空にねる

目次

こころのように

こころのように

父がまず蝉の殻めく円居かな

日焼けして献花のための花提げて

玉虫を包むハンカチになろうとは
昼顔やひさしくわが血みておらず
父の子のゆえに気短かさくらんぼ

サキソフォン奏者は遺影缶ビール

蟬の殻こころのようにしがみつく

よく晴れて滝は滝音より遠い

野葡萄を磨いてきたと風がいい
秋星へライオンひとつ寝返りす
露草や胸をたたいてうなずくよ

裏口に砥石ごろごろ秋祭

二、三行書いて紙屑台風過

台風を追う台風もそれにけり

冬あたたか蛇の抜け殻入れし瓶

煙草出す岸辺のような冬の駅

靴底の懐炉回送電車また

猫の眼のひらりと戻る牡丹雪

牡丹雪へこたれそうな長電話

うららかや窓にぺたぺたぺた魚拓

春の夜水にうたれて反るセロリ

桃の日のくるりとほどく本の帯

独語また黙殺される浅蜊かな

余震ありかなたこなたの磯菜摘

帆のかたち

饅頭に種あることも春の雲

絵が売れてバレンタインの人ごみに

すみれすみれ今日はわたしが励まして
いちどきり雪をみし眼の雛しまう
鳥のかお水中にある桜かな

空にねる脚長蜂をおこしたか
花散って切り株底抜けに明るし
蛍くる重くつめたい靴の先

馬小屋に忘れたのだろう蛍籠

五月雨が去って愛とは帆のかたち

夏みかん先輩はまだまだ青い

ヨットから降りてヨットを振りかえらず
生涯のアパート暮らし香水瓶
夏の雲搭乗券を栞とす

蝉が死にあらがう音か月の屋根

沢蟹の逃げ込む水の顕なる

花火終ゆ海風に腕冷え切って

詩は今も波に洗われ花芒

赤い羽根さして灯台までのみち

星月夜男の数だけ在るベンチ

レンタカーふるさとを駆る露の秋

舗道の果て露のマイクを持て立てり

遅刻するつもりの鞄秋の雲

柚子湯してほろびた国の夢をみて

短日の本を出てくる手紙かな

冬青空すすみて「赤旗」をもらう

離俗ノ法

九月の初め「与謝蕪村の俳句〜生誕三百年に寄せて」という坪内稔典さんの講座の案内を見つけた。

坪内さんは、私が所属している俳句グループ「船団の会」の代表であるが、ちょうど俳誌「船団」一〇九号で「生誕三百年の蕪村」と題した特集が組まれたばかりだった。会員全員が、自分の好きな蕪村の一句を挙げ鑑賞文を書いた。その余韻もあって、思い切ってＮＨＫ梅田教室に申し込んだ。

朝の講座なので、効率と節約を考え、早朝大阪に着く往復フェリーを利用すると決めた。だが、不慣れな船旅を想像すると、心細くなっていく。そこで、俳句仲間の渡部ひとみさんを誘ってみることにした。ひとみさんは自身の家庭のことをも顧みず「勉強しましょ！」と、即決してくれた。

荷物をレディース寝台に置いたと思ったら、もうひとみさんはまっすぐレストランに直行。ビールと刺身皿を注文した。これが第一の目的だったかのように。旅慣れた彼女の先導で「NHKカルチャー梅田センター」には、スムーズに辿り着くことができた。十七階の教室は満席。大阪の俳句仲間もいた。

講座は〈菜の花や月は東に日は西に〉〈愁ひつつ岡にのぼれば花いばら〉〈斧入れて香におどろくや冬木立〉など、三百年前の蕪村の俳句が、今なお新鮮なのはなぜなのか。また「五十歳以降、すなわち老いてから豊かに開花した蕪村の魅力」を、作品の鑑賞を通して考察していく。

〝五十歳以降〟に、思わず身を乗り出し、プリントされた蕪村の文章を睨む。「俳諧ハ俗語を用いて俗を離るるを尚《たっと》ふ　俗を離れて俗を用ゆ離俗ノ法最もかたし」。「難い」ことは、わかった。映像関係の仕事をしているという若い女性も、熱心に解説に耳を傾けていた。坪内さんは「蕪村が持っていた教養（ことに漢詩）を現在の私たちは持っていない。良い句と思うのは、おのずと教養を必要としない句が多い。

二時間の講義のあと、私たちは京都まで足を延ばした。運よく京都国立博物館で「生誕三百年・与謝蕪村」展が開催されていたのだ。
蕪村の詩情ある世界に浸ったその日の夜に〝俗を離れ〟たひとみさんが再び船上のビールを満喫したのは、言うまでもない。

（2016・10・3）

素敵な寄り道

私が所属している俳句グループ「船団の会」の松山では、月に一度夜の句会を開いている。六月のその日、リーダー的存在である東英幸さんの姿がない。メンバーの誰よりも句会という場を愛し「俺は百二十歳までは生きる」と豪語しているのに体調が悪いらしい。「心配だよねえ」と呟く仲間と二人で、東邸を訪ねてみることにした。

東さんは「東工業有限会社」の社長である。ＪＲ市坪駅のすぐ近くにあるその鉄工所に、何年か前まで私はよく寄り道をした。当時勤めていた会社の最寄り駅だったので、帰りの電車が出てしまった後だと、工場まで引き返すのだった。事務所に明かりがともっていると、東さんが現場から戻っている証し。

ドアを開けると、東さんはすぐに鼻眼鏡の事務処理の手を止めてくれた。年季の入った革のソファーに腰を下ろすと、クーラーボックスの中から各種缶ジュースを並べ立ててくれる。繰り出されるダジャレに目を瞑ってさえいれば、居心地がいい空間。壁には工程表とおぼしき紙やカレンダーが貼ってある。いかにも町工場の事務所といった風情が好きで、ついつい電車をやり過ごして寛いでしまったものだ。

私たちの不安は的中してしまった。なんでも、通称ワレンベルグ症候群という、名前も難しいが、なかなか困難な病気に襲われておられたのだった。

九月に入って、ようやく東さん本人から面会の許可が下りた。病室の扉を開けて恐る恐る顔を上げると、ベッドから下りてにかっと笑って出迎えてくれる東さんがいた。二週間後には退院できるのだという。

「愛大俳句会」から出発した東さんの句歴は、五十年。「三年浪人したもんだから、妹の方が先に大学を卒業した。一年留年もしたしね」という驚きのエピソードを病室で話してくれた。なんだか嬉しくなった。俳句人生もまたゆったりとした歩みで、私たちを引っ張ってくれる。

〈アジビラを受け取る朝の底冷えに〉は、学生時代の安保闘争を背景とした東さんの俳句。〈少年が少年である夏の山〉のおおらかさ。〈ごみ箱に躓くバレンタインの日〉のトホホ感もいいなあ、と思う。

入院中の「言語」「手作業」「歩行」のリハビリのうち、言語の先生が一番に身を引いたと、誇らしげに言う。

近いうちに、また東社長の影が映る事務所を訪ねよう。更に磨きのかかった東流俳句論とダジャレを、心行くまで聞いていたい。

（2016・10・10）

不器男の手紙

「こちらでは晴れた日がうちつゞきます。が、さすがに秋風が土となく空となく、しろく吹きわたつてゐて、みちのくの秋の粛殺をしらせます。『ひやゝか』の季に入つて、ほんとに朝夜は単衣一枚ではびり〳〵する位です。心がいやが上にもひきしまるのを覚えます。そして深いところで、しづかに落ちつくのを感じます。これだからこそ秋が好きです。」

（『不器男句文集』松山子規会叢書第十六集）

二十六歳で亡くなった俳人芝不器男が、東北大学時代に長兄の嫁梅子に送った葉書の冒頭部分である。

今も多くの人に愛される句を残した不器男は、手紙の名手だ。「心がいやが上にも」と、声に出してみると、秋を迎える心持ちが収斂されていく気分になる。ちなみに葉書の最後には、のちに高浜虚子に激賞される〈あなたなる夜雨の葛のあなたかな〉の句が初出する。

二〇一二年に拙著『芝不器男への旅』（創風社出版）を上梓した。所属する俳句グループ「船団」誌上に、二〇〇二年から十五回にわたった連載をまとめたものである。本を出してのち、初めて不器男の故郷北宇和郡松野町に一泊した。もちろん何度も訪ねてはいたのだが、いつも慌ただしく日帰りしていた。冒頭の手紙の気分を、一度は不器男の故郷で味わってみたいと思ったのである。

学生の一泊行や露の秋　　不器男

ＯＬの私は、「芝不器男記念館」にも近い末廣旅館に泊まった。地上デジタル化のためと思われる工事の人たちの宿泊で、ほぼ満室だった。夕食は、地元の松茸ご飯と土瓶蒸しという豪華版。女将さんが、女性客一人の私に「何かあったら二階から駆け下りて来てくださいよ」と、笑いながら言う。「明日のお昼にでも」

と、残ったご飯で大きなおにぎりを一つ握ってくれた。ぽっぽ温泉のチケットをもらい、星月夜の小道を歩いた。

かの窓のかの夜長星ひかりいづ　不器男

夜長は秋の季語で「夜長星」は不器男の独特の言葉。誰の心にもある「かの窓」に、星が光り出す秋がやって来た。私の「かの窓」は、不器男が仙台からあなたなる故郷にあてて手紙を書いている「窓」である。

（2016・10・24）

凩に向かって

芝不器男が俳壇で活躍したのは、大正十五（一九二六）年から昭和三（二八）年までの実質三年間だった。その最初の一年が、東北帝国大学時代の投句だ。〈永き日のにはとり柵を越えにけり〉〈春愁や草の柔毛《にこげ》のいちしるく〉〈向日葵の蕋を見るとき海消えし〉などの代表的な句も、この地から発信された。

そして、愛媛にいる十三歳も年上の義姉梅子に、まるで俳句の先生のような手紙を書く。

「…。どうせ、俳人といつても、恐ろしく鋭敏な天稟をもつてゐる人はさうありはしません。大ていは団栗のせいくらべです。（僕も勿論一つのどんぐりです）その団栗のうち、兎も角も拾ひ上げるねうちのあるものの、その拾ひ上げるべきねうちは、多年練磨の巧で、『単純化が出来る』といふ一事です。…。姉さんの句、以前から見るとずつとよくなりました。が、やっぱり一句の中に材料が多すぎる傾がある様です。これは重大なことです。」（『不器男句文集』松山子規会叢書第十六集）

手紙にはこの後、梅子の一句一句に、丁寧で手厳しい評が綴られている。今では、それが俳句の教科書のように私たちに残されている。

平成十七（二〇〇五）年の晩秋に、不器男が学んだ仙台を訪ねた。「響き合う二人・不器男と梅子」と題した連載を俳誌「船団」に書いていた時である。市内を走るバスの外には、もう東北特有の薄暗い冬の寒空が広がっていた。東北大学片平キャンパスには、不器男が通っていた頃の煉瓦の三階建てや資料館が残っていた。

大学の近くを流れる広瀬川に出て、それから不器男がぶらぶらと歩いた一番町通りを歩いてみた。不器男の日記には「片平町に出たときは、何故さびしい気がおこるかをたしかめやうと努力しながら歩いた。」「四葉のクローバは不完全ではあつたが三つばかり見つけた。そしたら妙にさびしかつた。」と、記されている。心細い私の一人旅は、不器男が行き当たった〝さみしさ〟に少しだけ触れた気がした。
下宿先だった瑞雲寺の境内には〈あなたなる夜雨の葛のあなたかな〉の句碑が立っている。

凩や倒れざまにも三つ星座　　不器男

この句も仙台からの投句。「凩」は、冬の初めにかけて吹く強く冷たい風のこと。「三つ星座」は、オリオン座のことで、中心に三つの星が斜めに並ぶ。「倒れざまにも」の表現が、不器男ならではの巧みさだろう。
凩の夜空に、単純に輝く星のような俳句を、私も目指したい。一つのどんぐりの思いで。

（2016・11・7）

夜の散歩

　夜の散歩を始めて三年ほどになる。山登りがしたい！と思い立って、俳句仲間で山好きの渡辺瀑さんにねだってみると「鍛えておくこと。歩くことです。別に毎日でなくていいし、歩き方も構わない。景色を楽しんで、続けてください」と、まずは条件をもらったのだった。

　暮れかかる頃に出発する散歩コースは、城山公園を抜けて松山城の麓のロープウェー街を通る。閉店前の商店の明かりがまだぽつぽつ灯っている。ジュエリー店のショーケースに置かれた宝石は、昼間とは違う、どことなく気恥ずかしそうな輝きを放っている。それから、少し前かがみの赤い着物の市松人形が映る骨董屋や、呉服店の見るたびに変わっている反物のきれいな柄に、つい足を止める。

　出かけるとき、千円札一枚をポケットに潜ませているのは古本屋に立ち寄ったときのためだ。古本を求め始めたのは、二十年前に俳句を始めてから。興味を持った先人の句集が、選ぶほどは書店に置かれていないこと、評論集もほとんどが絶版になっていることを知ってからだ。

今でも古本屋に入る時には、緊張してしまう。まるで神業のように積み上げられ、並べ立てられた本を呆然と見上げている私のことを、本に詳しい人間ではないと店主は見抜いているに違いない。そう思えてきて、そわそわして居づらくなってしまうのだ。

散歩道にある「古本の愛媛堂」で五、六年前に講談社版の『子規全集』を買った。私にとっては贅沢な買い物だった。「今なら全巻そろっているのがありますよ」と、ご主人が奥の方から一冊出してきてくれた。インターネットで検索していた値段と変わらない。しかも、きれいな本が手にとれたので決心できた。

後日、ご主人がバイクで全二十五巻を、マンションの部屋まで運んでくださった。「硫酸紙を、全部かけておきましたから」と告げてくれた。虫よけになるのだそうだ。

フランスの一輪ざしや冬の薔薇　　子規

本を読む傍らに、こんなおしゃれな一輪挿しも欲しいなあ。

ちなみに最近の散歩では、可愛らしい表紙に手が伸びて『白秋小唄集』の復刻版を買った。十四㌢×十㌢、厚さ二㌢の小さいながら、箱入りだ。レジに持って行くと、珍しいものだそうで長野から入って来たばかりだと教えてくれた。五百円のおつりが返ってきた。

あ、山登りは念願だった滑床渓谷に連れて行ってもらうことができた。ほぼ一時間となる夜の散歩は、大いなる体力と、ときどき本が付いてくる。

（2016・11・15）

雪の夜は

雪の夜は

水抜いて白磁の壷のあたたかし

肺活量小さくなって蜂の死よ

草萌の夜のハングルで書く日記

赤ちゃんを生みたき日なり花菜風

燕来る羽衣チョークのあの頃の

一駅で降りる樒が花つけて

泥の手をあければ貝や風光る

犬の脚長さがクローバーと一緒

食むときの無心を雛の見ていたる

春駒見てフランス仕込みのスープのむ

風光る時計修理は窓向いて

空豆の花の辺りへ貨物船

夏の空オリーブの木に梯子かけ

棒アイス舐めて鴉を従えて

梅雨寒の机にミシン欲しくなる

柿の花もとより父になき遺言

掛け時計の音に驚くやソーダ水

象の鼻よぎり水たまりへ鶺

配達人露のサドルを肘で拭く

秋風や口の限りのあくびして

散らばって友は貝殻秋の暮

貼り紙ごと電信柱消えて秋

十月や紫いろに貝薄し

黒髪は林檎の匂い朝のバス

鳥よりも鳥籠欲しき冬はじめ

髪切って十一月をよく遊ぶ

木を嗅いでいるわたくしと綿虫と

初雪に木仏の耳の重たそう

水仙が測量棒に触れたこと

雪がくるぞろっとページ外れたる

蜜柑ほどですが心は冷えている

雪の夜は中也旅にはゆで卵

キンドルと模型

永き日の椅子は躓くためにあり

春愁い貝身のほどの穴を掘る

日は海にもどる散る鳥ちる桜
チューリップからラグビーのパス始まる
春の太陽ストップウォッチ握る

焦げ臭きもの空蝉と旅鞄
おととい の葵祭の弟と
退屈が青林檎ほど硬くなる

原爆忌肘が落とした本拾う

行く夏のテレビのような窓ひとつ

さまざまの殻寄せてくる秋の風

秋の暮小さいけれど早い船

月光の返しそびれている帽子

キンドルと模型の船と通草の実

軽トラに拾われ蟷螂に別れ

さわやかに観音さまへ切る十字

どんぐりに海はどこまで暗いやら

秋の野に自分の声を聞く子かな

野分はここからパン屋の木の扉

赤い羽根もらってまずは吹いてみて

行く秋の夜の机に詰め寄られ

花束や十一月のつけ睫

つわぶきのあかるさ前撮り日和かな

冬あたたか寝ころべば虫ブンと飛び

祝福の悴んでいる拍手かな

セーターの袖の長くて爪に星

毛布着て昼になっても腹が立つ
すたすたた歩く冬の夜空を呼び出され
風邪薬袋の裏に伝言す

蛍光ペンつやつや引いて寅彦忌

宝船歯痛が少しもたげたる

ゴールインして着膨れの人だかり

凍滝を見し夜の鴨の卵割る

石鹸の手になじまざる朝の雪

雪の夜のサラダほうれん草褒めて

冬蜂もデモ行進も退路あり

「雪の日」のこと

　平成二十八年十一月十日に〝ギャラリー　リブ・アート〟（松山市湊町）で開催されていた「リトル・クリスマス　２０１６小さな版画展」に出かけた。四十六人の作家がＡ４サイズのオリジナル版画を制作。全国三十六の画廊で展示されるこの企画は、七年目を迎えるという。

　版画に、どこか厳めしい印象を持っていた私に、この展覧会を紹介してくれたのは、出品者の一人である銅版画家の松本秀一さんだった。宇和島市三間町に住む松本さんは「船団」の俳句仲間である。

　松本さんの今回の作品名は「慈姑《くわい》三個」。エッチングという技法だそうだ。ギャラリーのスタッフ米田満千子さんは、こう解説してくれた。「線だけで構成されている作品で、掘りたての動物っぽい感じではなく、朴訥ですが生命感があり洗練されています。〝三個〟にこだわったのも、尖った芽を一方向に向けた並べ方に見てとれます。一見地味ですが、異質なのですよ」。品よくふっくらした慈姑が、さらに旨そうに見えてきた私に「お正月に、立派な漆の器を前に置いても見劣りしません」と、付け加えた。

冬を迎えると、お気に入りの松本さんの版画をリビングに置く。「雪の日」と題された作品で、ところどころ雪が解けかかった地面に一本の裸木が立っている。坂道を上って来た青色の乗用車が、その木に差しかかっているというシンプルな場面である。雪の坂道を、車は立ち往生しているのか。それとも、おっとっとと踏ん張りながら上って行くのか。車の行く末は、日々の私の気分で変わる。雪を被った車が、頼りない自分自身のように思えていとおしくなる。

昨年の夏、関西の「船団」の仲間たちとともに「銅版画家と俳人への旅」と銘打って、松本さんの工房を訪ねた。一階は、籾摺り機、乾燥機、トラクターなどが置かれた農業用倉庫。松本さんは農業も営む作家である。建物の二階が工房で、版画を刷る機械に触れて、みんなはしゃいだ。窓の外は広々とした田園風景。訪ねた時は、青田風が吹き渡っていた。

そして松本さんは、短歌も作る。〈思ひきり植田に投げる糠だんご、田草よ眠れ、じつくり眠れ〉などの作品を、松本さんと同じ「心の花」に所属する俵万智さんは、「汗くさくないところに新鮮さを感じる」と、評している。

胸先にこつんと当たる冬木の芽　　秀一

この句の中に響く「こつん」の音が、松本さんの端正な版画に沈潜しているように思う。

「雪の日」の車は、裸木の芽生えの音に気づくだろうか。

（2016・11・21）

ランチの予約

その日は、松山市から車で一時間余りの今治駅に十時十五分集合と決めていた。寝床から起き上がった時は目を疑った。時計の針はすでに十時半を指そうとしているではないか。どうりで、いつになくスッキリとした目覚めであった。今治市に住む俳句仲間の松本だりあさんと亜桜みかりさんを頼って、冬の向日葵畑に俳句を作りに出かけることになっていた。まだ携帯電話に着信の形跡がないので、私の乗ったバスが遅れているくらいに思っているだろう。うなだれながら、電話をかける。

「そんなことで良かったよ」と、気遣ってくれる明るいだりあさんの声が心に染みる。その傍らで電話の内容を察したみかりさんの「ランチの予約がですね…。ランチはどうなりますか」と、小さいが怒りの籠った声が聞こえてくる。手頃な値段で美味しいと評判のホテルのレストランを、几帳面なみかりさんは予約してくれていたのだ。

　一人の大チョンボで、崩壊したかに思えた計画は、冷静な二人の機転ですぐに立て直された。今治組は予定通り向日葵の朝倉を目指し、私は十一時半のバスに乗り、車窓の景色で俳句を作って行く。

　〝三人〟といえば、思い出す話がある。昨年、松山市の小さな劇場「シアターねこ」に劇作家平田オリザさんがやって来た。オリザさんは、二人芝居はたいてい面白くないという。「三人いて一人がいなくなって、残った二人が去った人の悪口を言うことで芝居は成り立つ。必ずいないヤツの悪口を言う。明日上演される『ヤルタ会議』なんかまさにそれです」というようなトークを展開された。この時私は、密かに「三人が最高！」と、確信したのだった。

　車中で必死にメモった句帳を携えて、午後一時頃に二人と合流した。みかりさんお薦めのレストランの片隅の、冬日のたっぷり差し込む席で、句会もひっそりとできた。その日の成果。

いま会えます冬の向日葵よりの風　だりあ

「切り花お断わり」冬の向日葵畑なり　みかり

第三のビールのしずく拭くジャケツ　さやん

最後の場違いな句は、松山のバスの待合でできたもの。ビールを大事そうに飲んでいた若者が印象に残った。

その日の俳句を見ながら、頭の隅にあった不安が払拭された。芝居は芝居、厳しい冬に咲く向日葵畑に寄り添っていた二人の仲間が、まさか私のいないとき〝悪口〟を言うはずがない。

（2016・11・28）

チェロとヨット

もう十年くらい経つだろうか。鹿児島に赴任した句友から転居先の知らせを兼ねた年賀状が届いた。「長崎鼻には、鳳作の句碑があるのですよ」と、添えられた一行が心の隅に残っていた。鹿児島生まれの篠原鳳作の俳句〈しんしんと肺碧きまで海の旅〉を、鳳作の海で体感したいと思ったのだ。

季語を使わない無季俳句を提唱した鳳作は、二十六歳で亡くなった郷土の俳人芝不器男と入れ代わるように、九州で創刊された俳誌「天の川」に登場した。鳳作もまた三十歳という若さで亡くなってしまうのだが。

年賀状が届いてから数年後、当時勤めていた会社の永年勤続の記念に旅行クーポン券をもらった。旅先を迷わず鹿児島と決めた。一日定期観光バスの指宿・開聞岳・知覧めぐりコースは「生きているうちに知覧に行きたい」と、何かにつけて呟いていた母の願いと、薩摩半島最南端の岬への私の思いを簡単に叶えてくれた。もうすぐ冬を迎えようとする季節だった。

句碑は長崎鼻の付け根の、歩道より少し小高い場所に立っていた。碑の裏側に刻まれた「詩と美を愛する人々により」の思いが、すがすがしい。母の時代とは違う穏やかな開聞岳を望み、眼下の黒々とした岩礁には強い波の飛沫が絶え間なくあがっていた。

ふるぼけしセロ一丁の僕の冬　　鳳作

これは有季の俳句。セロはチェロのことで、古ぼけてはいるけれど、かけがえのない僕のセロと冬を過ごそう、という句。この句からは宮沢賢治の「セロ弾きのゴーシュ」を思い起こす人もいるだろう。

長崎鼻のことを思い出したのは、最近、佐田岬半島で過ごしたせいかもしれない。西宇和郡伊方町正野で一泊した朝、俳句仲間四人で早朝の港を散歩した。接岸しているヨットに近づいてみると、さっき朝食の席で一緒だった男性二人が、出航の準備をしている。五十歳代後半だろうか。四時間くらいかけて、九州まで帰るのだという。休日を利用してやって来たらしい。

ヨットの側面には「ＢＥＰＰＵ花子Ⅱ」と書かれてある。目を輝かせている私たちに「乗ってみませんか」と、声をかけてくれた。へっぴり腰で船に移りかねている私に「こうして乗ればいい」と、手本を見せてくれた。しばらく船の上ではしゃいだ後、私たちは僕のチェロならぬ〝僕たちのヨット〟が内港を出ていくまで、航海の無事を祈って手を振り続けた。

今、手元にはわが物顔でヨットに立つ四人の写真が一枚。みんなこのまま、碧い海を渡りたかったに違いないのだ。


（２０１６・12・５）

「毎日の勉強」

日記買う鞄のゆとり確かめて　神野紗希

学生か、あるいはＯＬが、鞄の中身に思いを巡らせながら、ほどよい大きさの日記帳を探している。出張や旅の時にも手放すことなく、綴ることができるように。

「日記買う」が冬の季語で新年を迎える準備の一つ。デパートや書店の一角には、パステルカラーなどのダイアリーが並んで華やかだ。

私は、いろいろ使ってきた揚げ句二十年ほど前から毎年十六センチ×八センチほどの小さなスケジュール帳を、日記帳がわりにしてきた。

現代詩作家の荒川洋治さんは、『日記をつける』（岩波書店）の中で、「書く」と「つける」の違いをこう指摘している。『書く』は、書いた文字がそのときだけそこにあればいいという、どちらかというとそういうものであるのに対し、『つける』は、しるしをつける、しみをつける、がそうであるように、あとあとまで残す感じがある。いつまでも残るように記すこと。これが『つける』なのだと思う。だから日記は『つける』のだ」と。

なるほど「つける」ものだと意識すると、日記に向かう気持ちが少し改まってくる。つい反省や愚痴で埋もれてしまうスペースに、些末な出来事を記していくだけで、私の未来へと積み残されていく気がしてくる。

中原中也の「日記・書簡集」を、時々開いてみる。例えば、俳句が記されている昭和二（一九二七）年十月十一日の日記。

拾郎戸塚の方の下宿に越す。
　コンスタンのアドルフ読みぬ秋の暮
みの虫がかぜに吹かれてをれりけり
　かくして秋は深まれりけり

拾郎は弟で、日記をつけて行くペン先まで見えてくるようだ。

ところで、私にとって最初の日記は小学校五年生の頃、担任の先生に提出するためのものだった。

何十年ぶりに開いてみると「ようやく10才になった」と、書き始めている。先生が線を引いてその上に二重丸を入れてくれたりしているのを気恥ずかしくも懐かしく読み返していると、突然脈絡もなく割り込むブルーのインクが目に飛び込んできた。

「算数のテストを見ますと間違っている所がとても多く理解がはっきり出来ていないのでございましょうか。『毎日の勉強』で一問でも多く問題に当って見る様にさしておりますが、心配しております。只いゝ事か悪い事かテストして来ました物は全部見せに参ります」。子とはいえ、他人の日記帳に、ていねいに書きつけている母の文字であった。


（２０１６・12・13）

窓辺の風景

三十代の終わりに、クリスマスを病院で迎えたことがある。十二月に入って間もなく病気が発覚して、狐につままれたように入院が決まった。クリスマスを東京で過ごしてみようかと、これも初めての格安ツアーを申し込んだ直後のことだった。

入院してからが大変で、検査に次ぐ検査にはげんなりした。ただ、骨シンチグラフィーとかいう検査の時だったかと思うが、暗いコンクリートの壁の検査室に横たわると、この時季に決まって街で聞こえてくる山下達郎の「クリスマス・イブ」が流れ始めた。だだっ広い部屋がおもいっきり大きなボリュームで満たされ、滅入っていた気分がほぐれて行く気がした。病院の配慮か、検査技師の患者への心遣いか。

治療法が決まり、クリスマス当日の二十五日には、面会謝絶の部屋にいた。廊下を歩いて、ごつい鉄扉を押すとまた廊下が続いていていて、数部屋の扉が並んでいた。歩きながら「この前入った男性なんか二日で逃げ出しちゃったのよ。案外男の方が意気地なし。あなたは頑張ってね！」と、看護師がにこやかに話しかけてくれるのだった。四畳半ほどの部屋には、ベッドとソファーが置かれていた。

面会謝絶なのだから当たり前なのだが、孤独なことに、放射線担当医は朝一度、看護師が訪れるのも日に二回程度。食事は、時間が来れば部屋の前に置かれている。口からとれないので鼻を通した管に自分でその流動食を入れるのだが、慣れないうちは逆流してしまい、泣きそうだった。とんだクリスマスだと思った。窓が開くのに気付いたのは、男性が逃げ出したという二日を越えた頃だった。

無事〝帰還〟して、四人部屋の居心地が良かった（？）せいか四十日の病院生活だった。

へろへろとワンタンするクリスマス　　秋元不死男

昭和二十五（一九五〇）年に出された句集『瘤』の中にある俳句。作者は昭和十六（四一）年、新興俳句弾圧事件で検挙され、二年間の獄中生活を送った。

私には、この「へろへろ」の幸福感が何となくわかる。華々しい街の喧騒を遠くに聞きながら、ワンタンほどのクリスマスが味わえれば充分な気がしてくる。

入院していた当時、病院からは競輪場が見えて、隣の県から来ていたおばあさんが、見舞いに来たおじいさんと窓辺に立って、「この年で競輪が見られるとはねえ。帽子（ヘルメットのこと）がきれいなねえ」と、うれしそうに話していた。不死男の句からは、そんな穏やかな光景も思い出す。

（2016・12・19）

キリトリ線で

新年の暦が準備できると、今年残っている暦が古びて見えてくる。それが季語の「古暦」なのだが、まだ頑張ってくれているのに、気の毒な気もする。

ここ何年か二つの卓上用カレンダーを楽しんでいる。一つは、みすず書房発行のはがき大のもの。八枚のペーパーケース入りで、さらにポストカード一葉付き。一枚に二カ月分の暦が並んでいる。

今年の特集は「世界の集合住宅」だった。撮影は住まいの図書館出版局編集長の植田実《まこと》さんとある。二〇一六年最後の一枚は、パリのアパートメント。いまだ見ぬパリでも、閉じた窓の向こうで、新年を迎える準備をしているだろうか。

このカレンダーを教えてくれたのは、宇和島市三間町に住む俳句仲間で銅版画家の松本秀一さんだった。「色がきれいなんだよね」と、すすめてくれた。二カ月に一度、ユニークで魅力的な建物が現れるたび、ため息をこぼした。来年の特集名は「マチスと暮らす」。まだ開封していないのは、古暦の一枚が変わらず輝いているから。

　愛用のもう一つは「正岡子規句めくり　二〇一六」（松山市立子規記念博物館）である。こちらは日めくりで、真ん中に子規の一句と、作句年月日を記してくれている。三センチほどの厚さだったのが、残り数ミリの薄さになった。「めくる」とはいうものの、キリトリ線でちぎっていく。一日一日をちぎるのだ、未練を残さず。十二月十六日の句は「本の山硯《すずり》の海や冬こもり」。冬の寒さを避けてこもっている部屋にも、小さな山と海を見い出しているのだなあ、と感心する。次の日を覗いてみると「職業の分からぬ家や枇杷の花」。たいていはわからんやろ⁉　と、一人突っ込みを入れてみる。

　今年の後半、いつにもまして小さな異国の風景に逃避したり、子規のカレンダーをまじまじと読んだりするのは、決まって、原稿に行き詰まり、泣きそうになるとき。一年の終盤になって、降って湧いたように「四季録」執筆者の役が回ってきたときからだ。

今年出たばかりの句集『雲ぷかり』(「本阿弥書店」)で、こんな俳句を見つけた。作者は、一九七四年生まれの俳人。

電柱のような孤独もあるか、冬　　工藤恵

ある、ある! と、思わず相槌を打ちたくなった。寒空に、呆然と立っている電柱のような気分。危なっかしくも、なんとか突っ立っていられるのは、俳句が、電柱から伸びる架線みたいに、私と誰かを繋いでくれているように思えるからかもしれない。

(2016・12・26)

神様を迎えて

「正月は何がおめでたいのか」。昨年（二〇一六）十二月の愛媛新聞カルチャースクールの連続講座「育つ子規」は、坪内稔典さんのこの受講生への質問で始まった。子規の「身の周り」が、テーマだった。

坪内さんは、もともとは正月には家に神様が来ているからめでたいのだと、話された。だから、神様が家にいる元旦は外に出なかった。掃除もしなかった。神様を掃き出してしまうから。晴れ着もまた、神様を迎えるためであり、神様がいる印が玄関の注連飾りなのだと。ただ新しい年を迎えるからめでたい、のではなかった。

私はしっかりお迎えしているなと思った。正月は貴重な連休なので、出かけるのがもったいないのだ。掃除にいたってはもってのほか。ただ、心構えがいけなかった。私の寝正月の態度は、神様にずいぶん失礼だったに違いない。

　　繭玉に寝がての腕あげにけり　　　芝不器男

繭玉は「餅花」と同様正月の飾りで、柳や桑などの枝に餅をちぎってつけ、花の咲いたようにしたもの。養蚕の盛んな地方では、繭の収穫の多いことを願って繭の形の団子をつけたりして飾った。

「寝がて」は、寝ることができない、という意味。

明治三十六（一九〇三）年に、北宇和郡松野町松丸に生まれた芝不器男の実家も、養蚕業を営んでいた。「蚕室に六十人くらい雇って、隆々やっていた」と、不器男の姪の疋《ひき》田《た》不《ふ》踰《ゆ》子《こ》さんから伺ったことがあった。

大正十一（二二）年の高校生時代の日記（芝不器男記念館所蔵）から、不器男の正月を覗いてみよう。ただし、英語で書かれてあるので私には難解だ。そこで大学の英文科に通っていたことがある姪っ子に訳してみてもらった。訳した通り書いてみる。

二日（月）くもり。寒い。遅めに起きた。今日も餅は十三個。これが食べられる最大限だとわかった。今日は寒かったから、いろりの火のそばに長いこと座っていたりだとか、炬燵で暖をとったりしながら、月刊「中央公論」を読んで楽しんだ。夜、タケオと一緒に床に入り、漱石の小説「明暗」を遅くまで読んだ。

だが、不器男は三日には、餅の数を更新。雑煮を食べる最終日だからと、十四個食べて家族をびっくりさせている。

昼は〝壁〟君とテニス。晩ごはんとして、野生の熊の肉をいれた〝ぶっかけ〟なるものをみんなで食べ「めちゃうまだった」。

そして夜には、「明暗」の続きを読む。漱石が四十九歳で亡くなって、六年目の正月である。

それから九十年余りが経った。不器男のように、漱石本に読み耽りながら、正月を神様のそばで過ごしている若者もいるのだろう。

（2017・1・1）

回数券

二〇一六年の暮れも押し迫って、東京に住む俳句仲間の神野紗希さんから「年末を実家で過ごすので、年越し句会をやりませんか⁉」というメールをもらった。内容は「二〇一七年を迎えるにふさわしい俳句四つをたずさえ、大晦日二十三時に道後温泉本館前に集合してください。暖房がなく、外と同じ寒さなので参加者は温かい格好で来てください」などとある。いつも通り突然ながら、周到かつ懇切な案内文であった。「外と同じ寒さ」にビビったが、道後温泉で、しかも句会をしながら年を跨ぐなど、俳句生活二十年にして初めての体験だ。即参加表明した。

当日、本館前に集まったのは、神野さん、高柳克弘さん、家藤正人さんの三十代の俳人たち。それに五十代の身軽な私の四人。

高柳さんの「新年詠というのは、特別なものなので普段とは違う俳句を作りたいよね」のプレッシャーに「ＮＨＫラジオの『ゆく年くる年』が実況中継に来るらしいんよ」と、神野さんがにこにこと畳みかける。思いも寄らない展開に、私は出したばかりの俳句の短冊を引っ込めたい気持ちでいっぱいになった。

腕組みの漱石先生の胸像に見守られての選句も終わったころだ。どかどかと、だが口調は厳かに「生誕百五十年を迎える漱石と子規ゆかりの道後温泉で、句会が開かれています」と、マイクを手に松山放送局の金子アナウンサーが「乱入」してきた。選句し合っていた俳句を取り上げ、東京のスタジオに向け読み上げる。

夜空より湯の香りけり去年今年　　克弘
掌に包む蜜柑のような言葉欲し　　紗希
漱石の若水子規の長鼾　　正人
着ぶくれて道後温泉回数券　　さやん

私の句には、東京のスタジオからどっと笑い声が起こった。ゲストの落合恵子さんが「回数券て何枚なの？」と、イヤホン越しに質問された。「十一枚です」と、私は顔を真っ赤にして答えた。ラジオだからわからないのだが。

最後にマイクを向けられた神野さんは「子規も漱石も言葉をたくさん費やして友情を育てた人なんですよね。私たち今なかなかわかりあえないことも多いんですけど、たくさん言葉を費やしてたくさん俳句を作って、何か育てていけるような年にできればなと思っています」と、自分の言葉をかみしめるように話した。

外に出ると、カウントダウンの年越しイベントで本館を取り巻いていた大勢の人たちも消えていた。寒さを忘れて、羽を広げた道後のシンボルである白鷺を、私たちはしばし見上げた。

（2017・1・9）

懐かしい場所

高校を卒業するまで、西条市丹原町に住んでいた。合併前の周桑郡丹原町である。名前から想像して、昔は桑畑が広がっていたのだろうか。「田舎です」と、看板を立てたような地名が今も懐かしい。

小学校五年生のときのこと。体育の授業中、マラソン大会の練習で校外へ出た。畦道を折り返して、みんなで歩き始めたとき、担任だった武田恵子《よりこ》先生が突然「俳句を作ってみましょう」と、振り返られた。

白い息を吐きながら、先生が発した「俳句」という言葉が頭の中でぐるぐる回った。五・七・五のリズムや作り方を教わって、できた者から口々に言い合った。その時の句は覚えていないのだが、マラソンから「俳句」へ急展開した眼前の冬田の広がりが、私の最初の俳句的風景だった、と今思う。

武田先生は、しもやけが真っ赤に膨らんで手が裂けそうになっている「たっちゃん」を病院に連れて行ったり、道徳の時間には宮沢賢治の童話を読んでくれたりした。そして、その頃先生の作詞による校歌ができた。歌うときとても誇らしかった。

住んでいた家の近所には、牛の仲買をする馬喰《ばくろう》さんがいた。両親もまわりの人も「ばくろうさん、ばくろうさん」と呼んでいたので、名字を思い出せない。賢そうな女の子が二人いた。

おじさんはいつもちょっと偉そうに胸を張って歩いていたし「ばくろうさん」という響きが子ども心に怖くて、おじさんに出会うと母の上着の裾をぎゅっと握った。てらてらと光る黒い牛が、何カ月に一度だったか、子どもたちの遊び場で「おたび」と呼ばれ親しまれていた広場に放たれた。

懐かしい場所を思い出していたら、次の句が頭に浮かんだ。

煖炉昏し壺の椿を投げ入れよ　　　三橋鷹女

句集『向日葵』（昭和十五年）にある句。炎の弱まったかに見える暖炉へ、飾られている椿を投げ入れて燃え立たせよという。ちょっとあやうい気配。薪ではなく、一輪の椿で美しい炎を蘇らせようというのだ。

子どもの頃の思い出は、とびっきり明るいわけではない。この句の暖炉のような昏さが、見え隠れしているように思う。

つい先日、〝一輪の椿〟のような知らせが投げ込まれた。「昭和四十四年度丹原小学校卒業生還暦祝いの会の開催について」という案内だ。場所は「料亭あかだま」。学校帰り、店先でよく見かけた下駄履きに鉢巻きの大将は、今もお元気でいるかしら。

（2017・1・16）

ペアクッキング

オムレツが上手に焼けて落葉かな　　草間時彦

満足のいくオムレツが出来上がった。窓の外の明るい落葉の色と交響して、黄色いオムレツがいっそう輝いてみえる。句集『朝粥《あさがゆ》』（昭和五十四年）にある句。作者は石田波郷に師事した人で、愛媛新聞の「愛媛俳壇」の選者もされた。食通で『淡酒亭歳時記』『食べもの俳句館』の著書がある。「天丼の大きな海老や春休み」「大粒の雨が来さうよ鱧の皮」など、おいしそうな俳句をたくさん残した。

ところで、これでも私は、三年近く料理教室に通っていたことがある。二十五歳の頃だ。学生時代、同じ下宿で親友になった正美さんの結婚が決まったことがきっかけだった。

新しい生活のために、彼女が見つけてきたのが「実習課初級　松山クッキングスクール」の「ペアクッキング」コース。二人一組で実践するコースで「谷もいつかきっと役に立つから」と、諭すように申込用紙を差し出した。「料理」という言葉の前で、私は小さくなっていた。

週に一度、三種類のおかずとデザートを作った。初級コースだったからか、二十五歳にして、すでに最年長であった。他のグループの、どこかあどけない面影が残る女子たちが、一生懸命に挑む姿がけなげに思えた。

私には、結婚する彼女の補佐という意識が働いていたのかもしれない。「料理」はさて置き、先生が神経質なまでに指示した灰汁《あく》取りと、次々に積み上がる鍋や粉まみれになった器を洗う手際はみるみる上達していった。それでも、時間通り終わらせるために毎回必死で、無事みんなと一緒に席に着くことができた時には、げっそりしていた気がする。正美さんの方はいまや松山市内の日本料理店の女将となり、厨房を〝補佐〟している。

〝役に立つ日〟のために、あえて長いこと書棚の奥に突っ込んでいたファイルを取り出してみた。すっかり黄ばんだ先生の手書きのプリントには「一月四週目鶏肉のプラム煮、ポテトバター煮、卵のモルネ焼、サラダプランタン」に「グーク・アップルケーキ」とある。

これは、飛ばそう。二月第一週目の「豚汁」と「キャベツとわかめのサラダ」あたりから、復習してみよう。気持ちを改め、おいしい俳句作りを目指してみるか。

（2017・1・23）

鰤《ぶり》起《お》こしの頃に

寒波がきそうと身を構えていた一月半ば、クール宅配便が届いた。石川県輪島市の小森邦衞さんからだった。紅白の水引がかけられた和紙を解くと、初めて見る「かぶら寸《ず》し」が二つ並んでいた。手のひらほどの大きさで、ずっしりと重い。厚さは四《チ》センほどあろうか。糀がかけられた分厚い蕪に刃を入れると、ピンク色の鰤が現れる。美しい料理に、思わず息をのんだ。

一九四五年生まれの小森さんは、昨年、第一句集『漆稍《うるしほだ》』を上梓された。句集の題名から察せられるように漆芸家であり、髹漆《きゅうしつ》の重要無形文化財髹漆保持者（人間国宝）である。

句集のあとがきによると、五十歳前後から始めた俳句は「毎日の『図案日誌』に心をこめて取組むと同様に、休まず毎日五分から十分だけ句作に集中」して作るという。

小森さんの俳句の拠点である「藍生」で、かつて私も勉強させてもらっていた。そのご縁で、小森さんから時々送られてくる個展の案内状が気になって仕方なかった。

私の母方の祖父は、輪島塗の漆器の商売をしていた。私が生まれたときは、もう亡くなっていたのだが。母によると、京城（現・ソウル）にあった日本の百貨店から注文を取り、職人が漆器を仕上げるのを待って、商品を船で運んだ。一年の大半を愛媛から遠く離れた輪島で過ごしたという。

祖父が、その地の重蔵神社に狛犬を寄贈していたことも聞いていた。船の安全祈願と土地の恩恵への感謝の気持ちからだろう。母と一緒に見たいと思い立って、六年前に初めて能登半島を旅した。狛犬の台座に刻まれた文字は「奉寄進　伊予之国・今治市　秋山吉平」と、読めた。「紀元二千六百年記念建立」は、昭和十五年（一九四〇）の大祭だろう。

小森さんへの年賀状には、時折そんないきさつも添えたと思う。輪島への私の勝手な思いを汲んで、句集を送ってくださったのだ。お礼にと送った愛媛の蜜柑の、またそのお返しのかぶら寿し。北陸の冬の雷「鰤起こし」が鳴る時季の、この郷土料理を、おじいさんもきっと味わったに違いない。

外は吹雪漆塗る日の楽しくて　　　邦衛

「楽しくて」が、これまでの幾多の過程を想像させる。仕事を吹雪が鼓舞してくれているようだ。

妻の言ふあなたの色は寒い色　　　邦衛

「寒い色」が、意表を突く。漆一筋にやってきた人を見守ってきた妻だからこその言葉なのかもしれない。
あの日、私が知った能登半島の海もまた「寒い色」であった思いがしてくる。

（2017・1・30）

積もらない雪

テレビのニュースで、雪の怖さを目の当たりにしながらも、温暖な土地のものとしては雪が見たいと思ってしまう。踏んでみたいとも。積雪に見舞われた南予の友人に言わせると、松山は「つまらん所」なのだそうだ。お互いに少しの妬みがあるかもしれないが。

滅多にないことだから十年以上前の積雪の朝のことをよく覚えている。いつもより早く出て、通勤バスを待っていた。バスは当たり前のように来なかった。バイクが目の前で転倒したり、進まないタクシーを捨てて歩き出す人を見遣りながら、四つ先のバス停近くにある職場まで歩いて行こうか、迷い始めた。が、「歩き出したら来たりするものだし」と、凍った雪の上で足踏みしながら、踏ん切りの悪い性格を発揮していた。

小一時間も経っただろうか。額の上に「凍死」の二文字がぽっかりと浮かび上がってきた。現実の言葉として体感し得た朝の出来事だった。

林檎の芯に刃がとどく雪の音する　木村和也

「雪の音」を作者とともに共有できた途端、何気なく林檎を切る日常から、非日常へと連れ出してくれる心地がする。雪への思いは、詩や俳句からも触発されるのだ。

シリーズ「俳句とエッセー」の第一作目として出たばかりの『水の容《かたち》』（創風社出版）にある句。俳句とエッセーで構成されるこの本の帯文には「木村和也の愛してやまない水が俳句と散文の豊かな地下水になっている」との坪内稔典さんの言葉が寄せられている。「水」を核とする俳句とともに、長く教育の場に身を置いてきた木村さんのメッセージとも受け取れる文章は迫力がある。

さて、この冬も、松山ではもう雪が積もることはないだろう。この地での寒さはたかが知れているのだ。

それゆえだろうか。ささやかな場面が蘇って、冬を惜しむ気持ちが湧いてくる。例えば、たまに職場の窓を雪雲が覆い始めてどんよりしてくると、パソコンの手が止まり、そわそわしてしまう。いよいよ降りだせば、誰からともなく「雪だなあ」と、伝え合う。「寒いはずだよ」などと困ったような声を聞きながら、心を寄せ合う雰囲気が生まれてくるのだ。

ひょっとしたら、黙々と仕事をこなしているように見えたあの人も「汚れつちまつた悲しみに　今日も小雪の降りかかる」なんて中原中也の詩が、頭の中を巡っていたかもしれない。

（2017・2・6）

今後のこと

退屈な金魚

よく晴れて船と蝶とがわかれ行く

蝶々を海で見たこと校了す

心頭を蝶の出てゆく丘の上

花ふぶき段ボールめくわたしたち

桜散る日の考える膝である

白鳥が卵を抱くよ夜の桜

蜂が来る素顔のようなポスターに

蜂がもう来ている洗面台の窓

鰐見しは先月のこと花種蒔く

しろがねの旅の小鮎をさっと食う

梅雨の窓三角形になりたがる

アトリエの仮眠は不憫青田風

豆ごはん懸賞品が届きたる

初蝉や書籍注文書の控

靴下を選る薔薇に水やるように選る
ドラマーの小綺麗な肘枇杷食べる
ふとわれの国籍を問う枇杷すする

N氏の死偲べばすっと枇杷の皮

蛍籠買って単身赴任の夜

緑陰のマイクロバスの子どもたち

貝と居て旅行の気分夏の雲

膝に傷渡船に夏の波がしら

健康な爪で弾くよ膝の蟻

向日葵の彼の一本の昏酔す

文庫本濡れてヨットを降りてくる

本を読むとき退屈な金魚たち

蝉の声総立ちにしてパン焼ける

チャーチルの膝を掠めよ夏燕

民宿は大きい桃も雨音も

桃を受く富良野から来たピアニスト

秋風やいろんな石のように鼻

水面のぽこんと凹む無月かな

一言もなし通草の実の最悪

轡虫一匹波音に勝る

石壁の鱗のかけら小鳥来る

「勘弁」と書いた月下のプラカード
黒葡萄濡れる憲法九条も
団栗と貝殻団栗と拳銃

木枯一号鉄棒を置いて行く

黒海よ十一月の中古車よ

横貌や大きく白い冬鷗

囲碁の昼冬の波音しめ出して

学帽の遺影冬林檎ひとつ

謹慎の頃の落葉の金属音

冬の虻滅ぶシェーカーを振る窓辺

雪だるまとのスープの冷めぬ距離

毛布のなか滝の名前を言い合って

短距離走者を枯野の真ん中に

連れ歩く楽器ケースと冬菫

コンビニの店員ときく冬の雷

セーターのブローチの馬歩き出す

わたくしも箒も冬の船中に

今後のこと

父のもの西部劇とか炬燵とか

鼻っ柱強くて白息がふわふわ

初雪や望遠レンズ横抱きに
冬の浜淋しき髪のような草
毛布被る松葉の雫絶えるまで

雪になる七番日記も波音も

第三のビールのしずく拭くジャケツ

福引の白が気の毒そうに出る

着ぶくれて道後温泉回数券

ぶらんこの長方形の冬日影

僕のふゆ手帳の隅に描くヨット

ひらがながち三月の怪文書

雛の日ののどかどか姉の帰宅かな

山吹に重油の匂う手の過ぎぬ

蜂の巣のスケッチ未完草に寝る

蜂の巣の今後岸辺にたたずんで

球審の欠伸を見たよつばくらめ

行く春の鞄に入れる鞄かな

野いちごの花に遅れて座礁して

父の日の真顔の父の雨やどり

くたびれる住宅地図も睡蓮も

菓子箱の中をすべるよ蝉の殻

草笛の馬喰さんの子どもかな

牛蛙静かになればほうたるも
猫の居る籐椅子と大瀧詠一と
帆を巻いて友は水着に着替えたり

金魚らの中に釦がおちてゆく

朝の雨髪切虫と船に乗る

雲が湧く揚羽もわれも可燃性

道具のこと

ようやく「今一きは心も浮きたつものは、春の気色にこそあめれ。」(「徒然草・第十九段」)の、季節の到来だ。枯れたか、と思っていたベランダの鉢の梅の花もけなげに咲いた。通い道の木々の芽吹きも、目に染みるよう。

そして、春になるとこんな俳句を思い出しもする。

少年ありピカソの青のなかに病む　　三橋敏雄

句集『太古』(昭和十六年)にある。季語はないのだが、芽吹きや囀りの華やぐ季節には、心の中の憂鬱が際立ってしまうことがある。少年や少女は尚更かもしれない。

二十世紀の絵の代名詞と言われるほど、誰もが知っているピカソには、もっぱら青を基調にした絵を描いた「青の時代」と呼ばれる時期があった。

『日本にある世界の名画入門』（光文社）の中で、赤瀬川原平さんは、こう教えてくれる。「名画鑑賞というのは、あれを見たこれを見たということだけで終わるスタンプラリーではなくて、それを見ることで自分の目が変化したり成長したりすることを楽しむ行いである。名画はそういう自分の目のための道具なのだ。」と。

名句と呼ばれるものもまた、断片の言葉の輝きを楽しみながら、自分の表現を磨いていくための道具なのかもしれない。

絵といえば、私にも短くも輝かしい時代があった。絵というより、図画だったのだが。小学四年生になったある日、友だちに促されて掲示板を見に行くと、張りだされた絵の上の隅に金色の紙がぺらぺら光っている。間違いなく、その日までは下手くその烙印を押されていた私の図画だった。

「金賞の絵の良い所がわかりますか？」と、若い女先生がみんなに聞いた。その年から、図工の時間は、赴任してきた美術の先生が見てくれていた。「筍の節のところがほんのり紫色ですね」と、説明された。塗っていたらしい。先生が受け持ちの間は、描くと光沢のある色紙を貼ってもらえた。

三年ほど前、保育園で絵を教えている句友に連れられて画材屋さんを覗きに行った。店に居合わせた彼女の絵の師匠に選んでもらって、私も水彩画セットを買った。筆だけは良いものを、と少し高いのを薦められた。

満足げな私への忠告は「万が一にもうまく描けるなんて思ったらいけませんよ。大人になったからうまいってことはない。中学時代に戻ったと思って始めてください」。

どうも「万が一」をもくろんでいたらしい。道具はそのままに置いてある。

（2017・2・13）

三人吟行・春の巻

「今度は起こしてあげるけんね」。俳句仲間の松本だりあさんの泣ける言葉を背にして別れた冬の吟行会から三カ月。「大角鼻《おおすみのはな》の水仙にまだ間に合う！」という今治組二人からの情報を受けて、早春の俳句作りに出かけることに。

午前九時五分松山発の特急バスは、中学生とおぼしき七人組が同乗者となった。運転手さんに、動物愛護センターの最寄りの停留所を聞いていた。あとから、教員経験を持つ亜桜みかりさんに話すと「体験学習ではないか」とのことだった。

少年少女が下車すると、一人きりに。バスは、水ケ峠トンネルを抜けて山の中をひた走る。枯木山が、柔らかな日差しに包まれている。谷底の渓流はまさに、万葉集の「石走《いはばし》る垂水《たるみ》の上のさわらびの萌え出《い》づる春になりにけるかも」だ。うつらうつらしてきたところで、今治駅到着。バスの中の私を見つけて、二人が手を振って迎えてくれた。
大角鼻は、私には初めての海である。桜井、織田が浜、天保山、糸山。「今治っていろんな海があるんですね」と感心すると、だりあさんがいつもの張り切った声で「今治は海が宝もんよ」と、先頭を切って歩き出す。
上り道の斜面に広がる水仙畑は、厳しい海風の跡を残して波打っている。倒れても、ぱっちり咲いている。

わたしよわたし水仙は口尖らせて　　　　だりあ

潮流の流れを船に伝える潮流信号所では、電光が「N・3・↓」の表示を繰り返し点滅させていた。立て札の説明に沿って解読してみると、「N」は潮流が北の方向へ。流速を示す「3」は穏やかな速さを、「↓」は今後さらに流れが遅くなることを示している。

鼻先にきて春風は3ノット　　　　さやん

くねくねと歩いていくと〝小さくとも鼻〟といわんばかりの、黒くて隆々とした岩礁が見えてきた。貼ってきた懐炉は二つとも剥がした。

辿り着いた海辺は静かで、水軍の番所跡や海の中に突っ立つコンクリートの「メートル棒」、その向こうの赤い灯台などが、この海の歴史を伝えている。

穴場だという小さなキャンプ場には、しっかり閉じられたテントから、ラジオの声が漏れていた。

ラジオから国会中継春の磯　　　みかり

あの声は、国会中継だったのか。

句会場は、新築のみかりさん宅を使わせてもらった。吹き抜けの天井から早春の陽が差し込んで、私たちの粗末な短冊がきらきら輝いた。


（２０１７・２・20）

芝不器男の故郷で

二月二十六日に、北宇和郡松野町で「第六十三回芝不器男忌俳句大会」が開催された。二十六歳で亡くなり、今も多くの人に愛される句を残した俳人芝不器男を偲んで、毎年町内外の俳句愛好者が集まる。今年は、芝不器男記念館落成三十周年でもある。

私も、三年前から大会の選者に加えていただいた。今回は、児童生徒部門の選者を代表して、講評の役が回ってきた。

一番乗りした控室で、もごもご予行演習をしていると、大先輩の谷岡菽城さんが入って来られた。まっすぐ窓辺へ向かわれ「田んぼに鴉がいますね。何か食べるものがあるのでしょうか」。一羽の鴉が土を啄みながら歩いている。菽城さんは、不器男の〈寒鴉己《し》が影の上におりたちぬ〉の句を思い浮かべたのではないだろうか。それには触れず「ようやく春が近づいたようです。まだ油断はできませんが」と言って、席に戻られた。緊張が解けていく気がした。

壇上中央に置かれた不器男の写真に黙祷を捧げて、大会は始まる。来賓席には、不器男の養子先である太宰家の現在の当主、太宰豊子さんの姿もあった。

私は、声が裏返ったりしながらも、何とか与えられた五分の講評を終えた。児童生徒部門三三一九句の中から選ばれた、きらめく俳句の一部を紹介したい。

ふゆのまどオレンジいろのき車はしる　三島小一年　岡本琉愛
ふゆうららバランスとってしょっきはこび　泉小一年　渡邊海翔
夏の空海ごとひっぱるじびきあみ　家串小二年　兵頭海音
トラックがおしつぶされそう早生みかん　立間小三年　河野舜祐
路線図が星座に見える時雨かな　番城小四年　山﨑幹大
冬の夜一つの明かり選果中　九町小五年　成本奏
ひそひそと夜寒の中のピカソかな　五十崎中三年　上田稔真
迫る空に吸い込まれそうな敗戦忌　城北中三年　小野下香織

など。

「芝不器男記念館」は、不器男の生家であり、所有者となった元松野町長の岡田倉太郎さんの遺志を継いだご子息の岡田博氏が、松野町に寄贈されたもの。倉太郎さんは子どもの頃、学生だった不器男によく勉強を教えてもらった。

沢の辺に童と居りて蜘蛛合　　不器男

蜘蛛は夏の季語で「蜘蛛合」は、二匹の蜘蛛を小枝の棒切れに止まらせて戦わせる遊び。生家は広見川のすぐ近く。

不器男の姪の疋田不踰子さんが、かつて話してくれたエピソード「倉さんたち子ども三人くらいが、不器男にぶら下がって歩いてました」を思い出す。

（２０１７・３・６）

雛祭りへの思い

三月三日は、女の子の節句を祝う雛祭り。桃の節句ともいう。愛媛では、月遅れの四月三日に祝う地域が多いのではないだろうか。今年は出遅れて、まだお雛様を飾れていないが、えいや！と、腰を上げれば、まだ間に合う。

気合が必要なのは、飾りつけに案外と時間をとる。押し入れから引っ張り出して、大きな箱の中から、さらにこまごまと箱を取り出し、一つ一つをくるんだ薄紙を剥いでいく。片づける「雛納」の日のことを思うと、さらに気おくれしてしまうのだ。

ひし餅のひし形は誰《た》が思ひなる　　細見綾子

句集『桃は八重』（昭和十七年）にある句。ひし餅を手にのせて、ひし形への素朴な問いが生まれてきたのだろうか。出すのを億劫がる自分を反省した。

数年前から、ひし餅や雛あられの他に「りんまん」を食べる、いや供えるのが楽しみになった。デパートで見つけて、製造元が近所の「白石本舗」だとわかり、この時期になると覗きに行く。米粉で作られたふっくらした餡餅の上には、ピンクと黄色に染められたお米がのっている。なんとも愛らしい。松山では、家庭でも作る馴染みの菓子らしい。

ちなみに、この店には俳人・柳原極堂の書による「松山一醤油餅　柳原極堂」の額が飾られている。極堂は、正岡子規と同い年の仲間で俳誌「ホトトギス」を創刊した。明治創業のこの店をひいきにしていたことをうかがわせる。

子規の随筆にも、この「りんまん」を指すと思われるくだりが出てくる。「ホトトギス」に掲載された明治三十三年十月十五日の記事によると、引っ越しを企てていた子規は、

「（前略）余は前議を取り消して今度は転居中止の議を提出せん心組なり。御馳走てて別に仕様もない、と母の返答。御馳走といふは例の通り何か一つ珍しい者

がほしいだけの事なり、この前のやうなおりん饅《まん》はいけないが何か菓子でもあるまいか…」と、記している。
子規の母、八重の手作りのりんまんだろう。招集したメンバーは、伊藤左千夫、河東碧梧桐、高浜虚子、岡麓だった。
ところで、雛祭りには特別な思いがある。私の誕生日は、三月四日。しかも昭和三十三年。生年月日を答えるたび「惜しいですねぇ〜」と、気の毒がられた。自分でも残念な気はしていた。次の句に巡り合うまでは。

桃の日の翌日もまた美しき　　小西昭夫

出遅れるのもまんざら悪くはないよ、と言ってくれたのだ。

（2017・3・13）

「未来を花束にして」

映画を観に行こうと、友人と待ち合わせていた土曜日の朝、松山市のターミナル「市駅」前で新聞が配布されていた。岩手日報の号外愛媛版だった。一面の見出しは「東日本大震災六年　風化させない」。待ち合わせていたのは、三月十一日。前日まで意識していたのに、テレビも新聞も見ずに家を出たので、もう頭を離れていた。あのとき、映画を楽しんでいた人もおられたろうか。

久しぶりに観た映画のタイトルは「未来を花束にして」。大好きな女優メリル・ストリープが出演しているので、出かけてみた。

百年前のロンドンが舞台。女性参政権を求めて立ち上がった名もない女性たちの活動を、実話を基に描いている。洗濯工場で働く二十四歳のヒロインが、参政権の公聴会に参加したことから物語は始まる。

「あなたにとって参政権とは？」の質問に「これまで無かったから、意見もありません」と答える。だが次第に〝意見〟を持つ女性に変わっていく。法律は男性の味方であり〝気分屋で心の平静を欠く女性には政治判断は向かない〟と決めつけられていた時代があった。

映画のクライマックス、ダービーを観戦する国王の持ち馬に、女性参政権要求の旗を掲げて一人の女性が身を投げ出した。未来へ「花束」を託した瞬間のように思えた。

今、参政権について聞かれたら「生まれた時からあるから、意見がない」と、私は言いかねなかったかもしれない。

家に戻ってから、手元にある女性俳句を拾ってみた。日本で女性が参政権を得られたのは、第二次世界大戦後の一九四五（昭和二十）年だ。

短夜や乳ぜり啼く児を須可捨焉乎《すてつちまをか》　竹下しづの女

足袋つぐやノラともならず教師妻　杉田久女

ひたすらに飯炊く燕帰る日も　三橋鷹女

をんなとはただ穀象を殺すなる　山口波津女

など。「家」の憂さ晴らしとも読める、憤懣こもるかのこれらは参政権を得る以前の作品。まだまだ女性が俳句を作る時間を持つことが許されなかった頃だ。

現代になると女性ならではの開放感が現れてくる。

窓の雪女体にて湯をあふれしむ　桂信子
クロールの夫と水にすれ違ふ　正木ゆう子
屠蘇散や夫は他人なので好き　池田澄子
早春や夫婦喧嘩を開け放ち　小西雅子

この小さな詩形も、時代を映す。女性俳句の変化を女性の権利や解放の側面から読んでみるのも興味深い。

（2017・3・20）

桜の頃

桜の季節を目前に、心はやらせる情報が届く。

奈良県に住む俳句仲間、大塚桃ライスからは「第二回萌桜祭り～河瀬監督と歩くトレッキングツアー～」に参加するというメール。「監督」とは「萌の朱雀」で第五十回カンヌ国際映画祭の新人監督賞を受賞した河瀬直美監督のこと。映画の舞台となった西吉野町平雄の山道をトレッキングし、樹齢約二百年の花見を楽しもうという企画だ。

およそ千三百年前の歌集「万葉集」に出てくる「花」は自生の山桜のことである、と教えてくれたのは、愛媛新聞カルチャー教室「竹田美喜　万葉集講座」だった。一カ月に数時間だけ万葉の時代に浸ってみようと、講座に通い始めて八年になる。三月の講義は、「万葉の桜花」と題して、みんなで城山公園の周辺を散策した。

先生がプリントしてくれた一首を携えて。

あをによし奈良の都は咲く花のにほふがごとく今盛りなり　小野老《おののおゆ》

桜の歌の代表選手だ。お堀の桜はまだ頑なに蕾だったが「にほふがごとく」が迫ってきて、ますます奈良への思いが募る。

一方、大洲市の堀田由美子さんからは「岬十三里の十三万本桜」の誘惑。佐田岬半島の山桜が圧巻らしい。そういえば、権現山の展望台で野鳥の会の人たちに遭遇した時「四月の初めには一面に桜が望めますよ」と、話してくれたのを思い出した。手ぶらでやってきた私の首に双眼鏡をかけてくれて、石神山の方から飛ぶハイタカをレンズにキャッチさせてくれた。三机湾を望むあの山々の桜には、間に合いそう。

山又山山桜又山桜　阿波野青畝《せいほ》

句集『甲子園』(昭和四十七年)にある俳句。山桜の、ぽっぽと山に現れる小さいドーム形のピンク色は、春の形そのもののような気がする。遠くからうっとり眺めてもいいが、山道を桜の木に触れながら登ってみたい。「山桜又山桜」と口ずさんで。

それから、この季節を迎えると、数年前に知った杉山平一の次の詩を思い出す。

毎日の仕事の疲れや悲しみから/救はれるやう/日曜日みんなはお花見に行く/やさしい風は汽車のやうにやつてきて/みんなの疲れた心を運んでは過ぎる/みんなが心に握つてゐる桃色の三等切符を/神様はしづかにお切りになる/ごらん　はら〲と花びらが散る

俳句を作る時、意気込んでつい桜を睨んでしまう。眉間に皺も寄っているらしい。「ごらん」と、肩を叩かれたらきっと、こわばった頭がほどけて桜をすっかり楽しめるだろう。

(2017・3・27)

私の十句

露草のホントは白といふ秘密

一九九九年発行の合同句集『花のいつき組』所収。「ホント」の表記や「秘密」に、俳句初心者なりの工夫が見られる、かと思う。

一九九六年にふらっと、愛媛新聞「夏井いつきのカルチャー教室」の扉を叩いた。二十年後の今にまで続く〝扉〟だとは思いもよらずに。すぐに、松山発信の「子規新報」（小西昭夫編集長）の企画〝それいけミーハー吟行隊〟に合流することになる。休日は「家でゴロゴロする」が、モットーだったのが、リュックを担いでせっせと仲間と出かけることになっていた。

夏井さんの圧倒的なリーダーシップのもと、嬉々として俳句を作りながら、当時愛媛新聞社が発行していた「えひめ雑誌」の「ねんてんのうふふふ俳壇」にも挑戦した。露草の句は選者坪内稔典さんの目に止り『日本の四季　旬の一句』（講談社）に載せてもらえた幸運な俳句。

久しぶりに当時の「えひめ雑誌」を開いてみたら「時効寸前　風は吹いた！」と題した福田和子逮捕劇の顚末が、堂々十二頁にわたって掲載されていた。

わたくしも本もうつぶせ春の暮

独り暮しの私の本読みの果ては、たいていこの句のよう。行儀の悪い「わたくし」に、本が巻き添えを食っている。

本の上部に付いている栞紐を、製本の専門用語で「スピン」というらしい。文庫本にはそのスピンが滅多にない。クリップや付箋紙では、つい外れてしまうし。先日、ある小説家のツイッターに、栞代わりに〝山型クリップ〟が流行っているらしいので使ってみたい、と書き込まれていた。本の栞問題は、案外と悩ましいことなのかもしれない。

この句は第一句集『逢ひに行く』（二〇〇七）に載せた。

〈チューリップ花屋の外に暮れにけり〉〈夜をかけてわたしを運ぶ船に雪〉〈牡丹まであと二駅といふところ〉〈船窓のまはりは海の時雨かな〉〈生ビール喉のかたちに流し込む〉などと作って、思いがけなく第八回「宗左近俳句大賞」を頂いた。選考委員は、金子兜太、黒田杏子、坪内稔典、中原道夫の先生方だった。

おととい の葵祭の弟と

平成二十六年、京都で開催された「船団初夏の集い」に参加したときの俳句である。兼題が「京都にちなむ句」で、現地に着いてから作ることにしていた。当日のシンポジウムに耳を傾けながら、近づく投句の締め切りが気になり始めた。休憩時間に、歳時記を取り出す。京都と言えば「葵祭」と思い立ち、ぱかっとその頁を開く。すると一昨日のことではないか。いまだ見知らぬ祭の「牛車を中央に絢爛たる衣装調度で古式ゆかしく京を練り歩く。」の解説に胸がときめいた。

私は俳句を作り始めてから歴史的仮名遣いだった。「おととい」は「をととひ」でなければならない。だが投句用紙に書いたとき「をととひ」では、このときめきが削がれる気がした。ちょっとした葛藤のあと、掲出句の表記で投句した。

会場で思わぬ高評を得たことも弾みとなり、以降率直な現代仮名遣いに変えた。私の記念すべき一句なのである。

梅雨の窓三角形になりたがる

夜中に凄まじい物音で目が覚めたことがあった。岬の宿だったが、ぐっすり眠っていたはずだった。雨音と分かるまでに、少し時間がかかったように思う。天井が破けるかと思った。息を止めるようにして、しばらく目を見開いていた。だんだん耳に馴れてくると、子どもの頃過ごした家を思い出して、懐かしい気分になってきた。

今の生活の、サッシで閉じられたマンションや職場では、音で雨と気づくことがあまりなくなった気がする。

この句は、二〇一五年七月五日に愛媛県松野町の芝不器男記念館の句会ライブで出した。前日には、大阪から来た二十名の船団の一行と俳句仲間のアトリエを訪ねたのだった。梅雨の終わりの激しい雨の日だった。高得点を得たが「なりたがる」の擬人化した表現を否とする意見も出た。

松野町の俳句愛好家も交えた、思い出深い句会である。

短日の本を出てくる手紙かな

平成十六年一月に、東京の太宰正吉さんを訪ねた。正吉さんは、夭折した俳人芝不器男の妻・文江のいとこである。一年足らずではあったが、太宰家に婿養子に入った不器男と暮らした経験を持っていた。私は当時、俳誌「船団」に「不器男と梅子」を連載しており、取材に応じてくださったのだった。四年前、九十七歳で亡くなられた。

その折りに、文江から遺品として譲られたという、不器男所有の『子規全集』の一部を見せてもらった。運んでくれたご長男のお嫁さんが「これ見ると、第一巻より二巻の方がたくさん読んでる。一巻目はあんまり読んだ感じがしませんよ」と、気づかれた。どちらも俳句集なのだが、第二巻の方は子規の直筆によるもの。確かに膨らみがあり、よく開いた感じがした。

ひとしきり全集を開いていると、ふと一枚の葉書がこぼれた。文江宛で、差出人は不器男の生涯の俳句の師吉岡禅寺洞。早すぎる彼の死を、誰よりも悲しんだ二人だった。

冬青空すすみて「赤旗」をもらう

行く手にパンフレットやチラシを配っているのを見つけると、途端に足取りが鈍る。早足になって突破するか、携帯をいじってそれどころじゃない態度を示そうか。どうやって手にしないで通り抜けるかを考えている。大きな縄跳びをくぐろうとする時の緊張感みたいなものだろうか。

その点、私の母親は自ら進んで行ってもらう。「もろて（貰って）あげんといかん」と、私の分まで持ってくる。配っている人の前でじっと立っていることもあった。どうも視界に入らないふりをされている様子だった。年寄りには関係ないといったふうに。わが親ながら気の毒なことだった。

ある日、また母を仲介に手にしたのが「赤旗」だった。今もあるんだ！と驚いた。それこそ手にしたことがなかったから。家に戻って調べてみると、昔は地下新聞だったという。それで思いっきり明るい空「冬青空」を冠してあげた。余計なお世話だろうか。

毛布のなか滝の名前を言い合って

「愛媛にも沢山ありますよね」と、隣のテーブルの男性陣が滝の名前を口にし始めた。話題の外にいた私も話に惹かれて、訪ねたことのある滝を思い起こしていた。

重信川上流の白猪《しらい》の滝は雄大で好きだが、幻想的だという凍滝の姿をまだ知らないでいる。夏目漱石が眺めた唐岬《からかい》の滝は、辿り着くまでの道が険しかった。芝不器男の故郷松野町の雪輪《ゆきわ》の滝は、緩い斜面を渓谷の水が大きく丸い模様を描きながら流れていく。菊間町の歌仙の滝、霧合の滝は楚々としていた。日本地図に、滝の名前を書き込んでいくと面白そうだとも思った。

滝といえば、車谷長吉の小説『赤目四十八瀧心中未遂』を思い出す。心中するつもりの二人が山道を転げ落ち、そのまま逃げ帰るシーンが心に残っている。

この句の初出は俳句ウェブマガジン「スピカ」である。連載が終わって、声をかけてくれた編集者の一人神野紗希さんが「しびれた」と言ってくれて、とてもうれしかった。

くたびれる住宅地図も睡蓮も

職場の棚に積まれている、A３サイズの住宅地図。以前のように、あまり傷まないのは、最近はめっきり出番が減っているからだろう。今はパソコンですぐ検索できるし、スマホが鞄にあれば、目的の場所には容易に到達できる。

それでも時々、棚から持ち去っては机で広げている職員さんもいる。たいていが年配というかベテランの人だ。市内のは分厚く重いので、運んだりコピーするのも大変そう。でも、目次から次々と頁をめくって地点を探し当てたときの達成感はスマホにはない。

私も、住宅地図には愛着がある。探す目的ではなく、ちぎれかけた表紙をガムテープで補強し、誰かが貼りっぱなしの付箋を外すのは結構楽しい。

松山市の道後公園には睡蓮の咲くお堀があって、花に向かうようにベンチがしつらえてある。入れ代わり憩う人の背中が思い浮かんで、この句ができた記憶がある。

福引の白が気の毒そうに出る

年用意といっても、母と二人で過ごすためのお節を仕出し屋に注文しさえすれば、大方済ませた気分になる。喧騒の年末のデパートや商店街に紛れることはほとんどない。それで「福引」も縁遠い季語だった。

それが、ある年の暮れにスーパーで母と姉と三人で買い物を済ませたところで、母の財布に福引券が溜まっていることが発覚。ケアハウスで暮らし始めた母の元へ、週末ごとに通って補充する日用品の賜物だった。

「あんた引いておいで」と、姉が促す。八回分の券を握りしめて、行列に並んだ。前方の景品をちらっと見る。福引は、例のハンドルを回すと球が出て来るヤツである。腕が鳴る思いがした。ところがハズレが続き、周りの視線が気になり始めると「別にこんなのどーでもいいし」みたいな演技までやる羽目になっていた。

待っている二人の顔が浮かんでくるし、福引がこれほど人の心を暗くさせるとは、思いもしなかった。

蜂の巣の今後岸辺にたたずんで

その春は「蜂」にかかわる句がいくつか出来た。〈蜂が来る素顔のようなポスターに〉〈蜂がもう来ている洗面台の窓〉〈蜂の巣のスケッチ未完草に寝る〉などだった。

喫茶店の隅のボックス席で出し合った席題が「蜂」だった。子どもの頃よく聞かされた「蜂にさされたらおしっこをかける」が、トラウマにもなって、現実の蜂とは距離を置いてきた。だが、句作に唸っているうちに、だんだん親しみが湧いてきた。

〝ハチ〟と声に出した響きは、刺されたときの瞬間の痛みを引き寄せるし、ピンとした羽の震えも〝ハチ〟っぽいというか。それに、お馴染みの体の縞模様さえ、いかにも〝ハチ〟という鮮やかさだ。「蜂」を「ハチ」と読ませた人は偉いなあ、と感心する。

などと、思い巡らすうちに掲出句も生まれた。生まれてしまった、という句であった。

あとがき

第一句集『逢ひに行く』から十年が経った。もうそろそろ第二句集を、と準備していた矢先に、坪内稔典先生による「俳句とエッセー」の企画が持ち上がった。当初は句集にこだわっていた私も、次々と届けられる仲間の本の楽しさに、思わず参加の手を挙げたのだった。

俳句は、第一句集以降二〇〇六年から二〇一六年までの作品を収めた。エッセーに関しては、一六年から愛媛新聞に掲載された「四季録」から収録した。半年間、週一回のペースで連載の場を与えて頂いたのだが、そんな巡り合わせにも背中を押された。

六十代を歩み出す門出に、この本を送り出したいと思う。そして、まだ見ぬ

「言葉の風景」探しに踏み出したい。

本の選句作業と校正には、句友山越タキさんが長い時間付き合って下さった。心からの感謝を伝えたい。

『芝不器男への旅』を出した時と同様に、今回も地元・創風社出版の大早友章、直美ご夫妻にご尽力いただいた。本作りの親身なアドバイスに耳を傾ける時間は貴重で、幸福な気持ちで満たされた。深くお礼を申し上げる。

松山に雪が降る春に

初出　エッセー　愛媛新聞「四季録」二〇一六年十月三日～二〇一七年三月二十七日

著者略歴
谷　さやん（たに さやん）
1958 年　愛媛県生まれ
1996 年　愛媛新聞「夏井いつきのカルチャー教室」より作句開始
同　年　「船団」入会
2006 年　句集『逢ひに行く』（富士見書房）宗左近俳句大賞受賞
『芝不器男百句』坪内稔典・谷さやん共編（創風社出版）
2012 年　『芝不器男への旅』（創風社出版）

現住所　〒 790-0808　松山市若草町 5-1　ドゥエル若草 804

俳句とエッセー　空にねる

2018 年 3 月 30 日 発 行　定価＊本体 1400 円＋税
著　者　谷　さやん
発行者　大早　友章
発行所　創風社出版
〒 791-8068 愛媛県松山市みどりヶ丘９－８
TEL.089-953-3153 FAX.089-953-3103
振替 01630-7-14660 http://www.soufusha.jp/
印刷　㈱松栄印刷所　製本　㈱永木製本

ISBN 978-4-86037-257-6